Brielle & BÄR

Es war einmal in einem Buchladen …

Salomey Doku

Aus dem Englischen übersetzt
von Petra Müller

GRAPHIX Loewe

Für alle, die gern träumen, Musik lieben
und an Märchen glauben. — S.D.

ISBN 978-3-7432-2101-7
erschienen in Großbritannien unter dem Originaltitel *Brielle and Bear - Once Upon A Time*
bei Harper Fire an imprint of HarperCollins *Children's Books* in 2024.
HarperCollins *Children's Books* a division of HarperCollins *Publishers* Ltd,
1 London Bridge Street, London SE1 9GF
Text copyright © Salomey Doku 2024
Cover and interior illustrations copyright © Salomey Doku 2024
Cover design copyright © HarperCollins Publishers Ltd
All rights reserved
Für die deutschsprachige Ausgabe © 2025 Loewe Verlag GmbH,
Bühlstraße 4, D-95463 Bindlach
Aus dem Englischen übersetzt von Petra Müller
Umschlaggestaltung: Johanna Mühlbauer
Druck und Bindung: Drukarnia Dimograf Sp. z o.o.,
ul. Legionów 83, 43-300 Bielsko-Biala, POLEN

www.loewe-graphix.de

1
Herbst

Kapitel 1

Dienstag, 29. September

Es war einmal ...

... ein Mädchen, das alles über Märchen wusste, was man darüber wissen konnte.

Oder zumindest ... dachte sie das.

Dieses Mädchen bin ich:
Brielle da Rosa.

Bücherwurm,

Märchenexpertin ...

... und Erstie für Literatur an der
Once-Upon-a-Time-Universität.*

Es ist wahr: Ich kenne
wirklich alle Märchenregeln.

* Englisch für „Es war einmal", abgekürzt: OUAT.

4

* Hallo, Schönheit!

15

17

Brielle!

18

... und diese Uni ist absolut magisch!

In der Tat ...

... ist es der perfekte Schauplatz ...

Die Schöne und das Biest

Blätter~

tipp

Kapitel 2

24

26

27

28

Kapitel 3

Ha ... süß

...

Wow ... groß!

Also ...

Können wir dir helfen?

Oh, j-ja! Sorry!

Eigentlich wollte ich nur wissen, ob das der Stand für Literatur-Nachhilfe ist.

verlegen

Es ist keine große Sache, aber ...

OH

Ich muss dieses Jahr jede Menge schriftliche Arbeiten abliefern und, ähm ...

Deshalb suche ich jemanden, der meine Sachen Korrektur lesen kann.

Es ist mein Abschlussjahr, also will ich wirklich alles geben.

Also, ich brauche einen zweiten Blick.

Brielle?

Seufz! Er ist so echt.

Sie ist verloren.

Schnapp

Dann bist du bei uns genau richtig.

40

45

50

Oh?!
Was ist das?
B wie Brielle
Butterfly blau
und magich
erinnert mich an dich
und die Schmeterlinge
im Bauch
tun das auch
10. Nov.
Er ... er schreibt Gedichte?
Über mich??
Wow! Wie süß ...
Ich sollte es weglegen.
Oh, da ist noch mehr ...

55

Kapitel 4

59

Ah-ha-ha!

Wir, die La-Lune-Sisters, sind hier, um Miss Brielle und Miss Rosalie einzuladen ...

... unserem exklusiven

*Le Soleil et La Lune Club**

beizutreten ...

... und unsere Schwestern zu werden.

Soleil & Lune

Offizielle Einladung

Ooo...kay.

Diese Einladung verdankt ihr unserem geschätzten Präsidenten ...

Klatsch Klatsch Klatsch Klatsch

Ahhhh!

Im Ernst?

... Pavão Braga Castelo, der Zweite.

* Die „Mondschwestern" haben einen „Sonne und Mond-Club"

63

65

* Küsse   ** schnell

* Sie will immer noch nicht mit dir reden.

79

83

2
Winter

Kapitel 5

90

91

94

95

Dann lasst euch auch diesmal nicht erwischen ...

... sonst gibt es richtig Ärger mit dem Coach.

Nee, keine Verstrickungen!

HA HA

Tschüss!

Wir sehen uns später!

Macht's gut!

...

Also ... im Candelabra-College* gibt es die beste Schokolade.

Mit Schlagsahne?

HA HA

Und Marshmallows!

Juchhu!

Worauf warten wir noch?!

HA HA

* Ein Studentenwohnheim namens Kronleuchter-College. Ihr werdet gleich sehen ...

97

Ich vermisse sie. Aber sie würde wollen, dass ich happy bin.

Hier an der Once Upon a Time zu sein ...

Seufz!

... das ist der erste Schritt, um mein Glück wiederzufinden.

Mum hat immer davon geträumt, dass ich meine Träume verwirkliche.

Sie ist sicher stolz auf mich.

...

Brielle?

Es ... es gibt da etwas, das ich dir gern zeigen würde.

Kapitel 6

117

118

119

120

Hm ...
Wenn du Abstand brauchst ...

... und Brielle und ihr Vater nichts dagegen haben ...

Hi Hi

Rempel

... warum kommst du dann über die Feiertage nicht mit zu uns?

Pause

Hä?
Was?
Echt?

!

Ähm ...
Er hat sicher keine Lust dazu, Rosalie!

Glaube nicht, dass ihm das gefällt.

HA HA

Na klar!

Komm schon!
Du sagst doch immer: Je mehr, desto besser!

Oder, Bär?

Also ... ich fänd's schön.

Wenn ... Brielle mich dabeihaben will.

!

„Die Heldin ist stets voller Mut und Zuversicht ...“

Seufz!

Klar ... warum nicht?

...

Yeah! Das ist so toll!

Meine Lieblingsferien mit meinen Lieblingsmenschen!

Du wirst Honeydale lieben, Bär!

Quatsch! Es ist der langweiligste Ort, an dem du jemals gewesen bist.

Es ist märchenhaft. Die schönste Postkartenidylle, in der ich *jemals* gewesen bin.

Nein ...

Seufz! Dort ist *absolut nichts* los.

HA HA

Klingt perfekt!

123

Kapitel 7

Plauder
Plauder

Knirsch
Knirsch

Blinzel

...

Brielle?

Ja?

???

Entschuldige!

Was?
Wofür denn?

Na wegen ...

... dem Abend, an dem ich
Cello gespielt habe.

Ich habe
immer noch
Gewissensbisse.

I-ich habe
viel zu heftig
reagiert.

Aber unser Gespräch hat
Erinnerungen geweckt, die ich
lieber *vergessen* würde.

* Noch so ein Fachbegriff für Typen mit Lese-Rechtschreib-Schwäche

133

135

136

... sie begleiten dich über die letzte Seite im Buch hinaus.

140

142

Und wenn du bereit bist, die Unvollkommenheit zu akzeptieren ...

Uno!

... dann kann das Leben märchenhaft schön sein.

Kapitel 8

145

146

Pavã-aaao!
—Hör auf, mit deinem Telefon rumzuspielen!

Es ist Silvester! Lass uns tanzen!

Jetzt nicht, Jezia …

Gönn mir doch mal fünf Minuten Ruhe!

Oh? Sorry! Ich störe dich also?!

Jaaa, jetzt, wo du es sagst …

Pavão!
A sério?* Warum machst du so was immer?

Was *mache* ich denn?

Nicht schon wieder!

Oh, oh …

Es ist Silvester! Das sollte ein schöner Abend werden!

Tja, ich hätte vielleicht einen schönen Abend, wenn du nicht ständig *rummeckern* würdest.

Ich sollte was sagen.

* Im Ernst?

147

150

151

Ende!

Die Geschichte von Brielle und Bär begann im Winter 2020 …

Im Rückblick war 2020 für mich ein interessantes Jahr. In dem halben Jahr Zwangsurlaub während des Covid-Lockdowns, in dem ich nicht als Architektin arbeiten konnte, entdeckte ich meine Begeisterung für Webcomics - oder besser dafür, sie zu zeichnen.

Nach meinem Uni-Abschluss im Jahr 2017 habe ich mich wieder den kreativen Hobbys zugewandt, die ich in der Highschool aufgegeben hatte. Und 2020 wurde mir klar, dass ich das Vollzeit machen will. Die Entdeckung der Comics war ein Moment der Erleuchtung, denn auf diesem Weg kann ich zwei meiner Leidenschaften miteinander verbinden: das Zeichnen und das Geschichtenschreiben. Ich war so begeistert, dass ich zu sparen anfing, wenige Monate später, im August 2021, meinen Job kündigte und alles daransetzte, diesen neuen Traum Wirklichkeit werden zu lassen.

Erste Figurenentwürfe

Brielle und Bär standen im Mittelpunkt dieses Traums.

Dennoch hätte ich nie geglaubt, dass aus den durch *Die Schöne und das Biest* inspirierten Ideen für mein Portfolio jemals ein ausgereiftes Buchprojekt werden würde - aber ich bin auch vier Jahre später noch froh, dass das geschehen ist.

Während des Entstehungsprozesses habe ich mich gemeinsam mit meinen Figuren weiterentwickelt, eine Erfahrung, die mich glücklich gemacht hat und zugleich demütig.

Also, ich hoffe, ihr habt genauso viel Spaß an einem Blick hinter die Kulissen von Brielle und Bär, wie ich an der Kreation der Geschichte.

SALOMEY X

Die Stationen

24. November 2020

Ich zeichnete Brielle zum ersten Mal und nannte sie „Bookshop Girl". Sie war das Ergebnis einer „Zeichne es in deinem Stil"-Challenge auf Instagram.

26. November 2020

Ich hatte das Gefühl, dass mein „Bookshop Girl" etwas Besonderes ist, und begann damit, um sie herum weitere Ideen zu entwickeln. Damals zeichnete ich gern meine eigenen Versionen von Disney-Charakteren und da es hier um eine lesebegeisterte Figur geht, lag es nahe, sich von einem Märchen wie *Die Schöne und das Biest* inspirieren zu lassen. Also begann ich mit weiteren Skizzen von meiner „Belle" und meinem „Gaston" ...

Und nach und nach nahm das Projekt Gestalt an ...

Jogginghose

Air Jordans

Chucks

Erste Projektskizzen

Erste Bär-Entwürfe

Ich wusste von Anfang an, dass mein Bär ein schüchterner Rugby-Spieler sein sollte.

160

Figurenentwicklung

Ein diverser Cast

Als die Geschichte Form annahm und sich mit immer mehr Figuren füllte, beschloss ich, mit ihnen die Vielfalt eines modernen Uni-Alltags widerzuspiegeln, wie ich ihn selbst erlebt habe und wo Menschen aus allen Lebenswelten zusammentreffen.

Die Figuren zu zeichnen, ging mir leicht von der Hand (vom Spaß daran ganz zu schweigen!): Brielle als verträumte, temperamentvolle Leseratte, die ihrer Neugier wegen in Schwierigkeiten gerät, und Bär als schüchterner, knuddeliger Rugby-Riese mit einer bewegten Vergangenheit und einem weichen Kern. Die Baptista-Drillinge Sasha, Jezebel (genannt Jezia) und Ricketta sind meine Version von „Gastons Cheerleadern".

Die Figur, an der ich am längsten gefeilt habe, war Pavão. Er war anfangs ein sehr selbstverliebter, arroganter Gang-Chef und bekam erst nach mehreren Story-Entwürfen sein eigentliches Profil.

Die Schauplätze

Der nächste Schritt war die Ausgestaltung der Schauplätze und Innenräume, an denen sich die Geschichte abspielen sollte. Hier ein kleiner Einblick.

Oben: Die erste Version des „Once-Upon-a-Time"-Buchladens.
Oben rechts: Die erste Version der Aurora-Bibliothek.
Rechts: Die Princess Row, in der Brielle wohnt.
Unten: Entwürfe für Bärs und Brielles Zimmer.

Innenansicht   Bärs Zimmer

Innenansicht   Brielle Zimmer

ROSEBRIDGE

Das Lichthaus

Queen's Hospital

Princess Row

OUAT-Uni-Campus

Aurora-Bibliothek

Noch mehr Uni-Gebäude

Red Roses-Stadion

Once-Upon-a-Time-Buchhandlung

OUAT-Studentenvereinigung

Ewigkeitswiese

Wunschbrunnen

St. Andrews

Candelabra-College

Zentrum von Rosebridge

Castel Hill
Castelo-Gemeindezentrum

Thorn Borough

itere Colleges

Soleil-&-Lune-Clubhaus

Rosebridge ist eine Erfindung, eine Art Collage aus drei verschiedenen britischen Städten: York, Cambridge und Nottingham. Im Herzen der Stadt liegt die OUAT-Universität.

Innenansicht von Bärs Zimmer

Innenansicht von Brielles Zimmer

Bildentwicklung

Ich hatte so viel Spaß daran, Konzeptskizzen für Brielle und Bär zu entwickeln.

(März bis April 2021)

Bienen und
butterflies
(Schmetterlinge)

Negative
Gedanken &
Gefühle

Positive
Gedanken &
Gefühle

Musik

Wenn Bär nicht Rugby
spielt, spielt er Cello.

Meistens bringt er
so die Bienen zur
Ruhe.

Sinnbilder & Wirklichkeitsmagie

In der Geschichte kämpft Bär mit verborgenen
Ängsten und Zweifeln. Diese mit Blick auf Bären
und Honig als Bienen (*bees*) zu versinnbildlichen,
lag nahe, und die positiven Emotionen werden zu
Schmetterlingen (*butterflies*).*

Der Bienenfänger

Cello zu spielen, ist für Bär mehr als ein Weg der
Entspannung. Es hilft ihm dabei, mit seinen negativen
Gefühlen fertigzuwerden, und steht zugleich noch
für etwas anderes: Wenn Bär sich dazu durchringt,
seine künstlerische Seite zu zeigen, werden auch die
Schmetterlinge, also seine positiven Emotionen (oder
die Bienen für negative Gefühle) für alle sichtbar.

* Es sind „Diese B's", von denen in Bärs Gedicht die Rede ist.
Siehe nächste Seite.

Der Prozess

Seite 5

Brielle fährt mit ihrem Monolog fort, während Bär das Buch *Die Schöne und das Biest* aus dem Regal zieht und das Cover betrachtet. Er dreht sich um und will es mitnehmen, als Ms Gwen nach Brielle ruft, die gerade die letzten Bücher wegräumt.

BRIELLE: (Monolog) Ich halte trotzdem die Augen offen, manchmal geschehen ja auch Wunder. Und wenn ich etwas über Märchen weiß, dann …

Ms Gwen: Brielle! Kundschaft!

BRIELLE: (spricht) Komme sofort! Ich räume nur noch die Bücher weg.

Brielle hastet mit einem Arm voller Bücher um die Ecke, um sie ins Regal zu stellen, bevor sie sich um die Kundschaft kümmert. Dabei stößt sie mit Bär zusammen und beide lassen ihre Bücher fallen.

(**Soundword: BAM!!**)

Schritt eins: Skript

Nach einem ersten Abriss der Handlung entwickle ich ein ganzes „Drehbuch", das jedes Detail von Handlungen und Dialogen festschreibt.

Schritt zwei: Storyboard

Mit dem Skript als Basis beginne ich mit Entwürfen für das Seiten-Layout und wähle meine Favoriten aus.

Schritt drei: Reinzeichnung

Dann verwandle ich meine chaotischen Skizzen (und manchmal auch Fotos) in saubere, lesbare Kunst. Das dauert ein bis zwei Tage.

Schritt vier: Kolorierung

Den Abschluss bildet die Farbgebung. Ich male am liebsten erst die Figuren aus und dann den Hintergrund.

Bärs Tagebuch

Der geheime Garten

Die Poesie blüht in mir
wie ein geheimer Garten.
Und draußen vor der Gartentür
lasse ich den Rest der Welt warten.

Nur ich bin dort
zu Hause
an meinem Zufluchtsort.
Im Paradies aus Worten
bleibe ich allein
und kann besser als an allen Orten
endlich ganz ich selber sein.
Eingehüllt in das schützende Kleid
der Einsamkeit.

Grandpa

Eine Flut an Erinnerungen
durchströmt mein Herz und füllt meine Welt.
Erinnerungen an dein Lächeln,
an deine Stimme,
wie du Geschichten zum Besten
gibst und Lieder.
Du bist noch da in der Flut
der Erinnerungen ...

Märchenprinz

Ich wollte schon immer sein wie er.
Ein Prinz aus dem Märchen, bitte sehr!
Es war einmal ... Once upon a time ...
Doch bin ich weit entfernt davon, wie er zu
sein.

Für das, was ihm wichtig ist,
steht er ein.
Es war einmal ... Once upon a time ...
Er kennt keine Angst und kämpft
wie ein Bär.
Doch leider bin ich überhaupt nicht wie er.

Sein Anblick haut alle von den Füßen,
sein Lächeln kann jeden Tag versüßen.
Er kann alles und noch viel mehr
doch leider bin ich überhaupt nicht wie er.

Ein Prinz ist mutig und ritterlich
und dennoch freundlich und fürsorglich.
Es war einmal ... Once upon a time ...
Vielleicht könnte ich ein ganz
klein wenig so sein?

Auch Prinzen sind Wesen aus Fleisch und Blut
mal wundervoll, mal weniger gut.
Stell dich also deinem innerem Grizzlybärchen,
vielleicht bist du ja längst ein Prinz aus dem
Märchen.

Diese B's

Diese B's
summen in mir wie Bienen
wie summende Sorgen,
du könntest
einfach so davonfliegen.

Sie schwirren so unruhig
durch meinen Kopf,
quälen mich mit Angst,
mit Wut und Eifersucht
wie mit einem giftigen Stachel.
Sodass ich überlaut schreie und
alle Welt urteilt und sieht ...

Wie ich wirklich bin.

Die Darsteller

Der scheue Prinz

Name: Atohi „Bär" Yonas
Nationalität: Amerikaner
Muttersprache: Hispanisch
Alter: 20
Größe: 1,89 m
Sternzeichen: Widder

Der bezaubernde Bücherwurm

Name: Brielle da Rosa
Nationalität: Britin
Muttersprache: Portugiesisch
Alter: 18
Größe: 1,62 m
Sternzeichen: Schütze

Der umschwärmte Romantiker

Name: Pavão Castelo
Nationalität: Brite
Muttersprache: Portugiesisch/Brasilianisch
Alter: 20
Größe: 1,83 m
Sternzeichen: Löwe

Der enttäuschte Kumpel

Name: Malachi Reno
Nationalität: Brite
Muttersprache: Spanisch/Pakistanisch
Alter: 20
Größe: 1,77 m
Sternzeichen: Zwillinge

Die beste beste Freundin

Name: Rosalie Afram
Nationalität: Britin
Ethnische Zugehörigkeit: Ghanaisch
Alter: 19
Größe: 1,68 m
Sternzeichen: Waage

DANKSAGUNG

Dieses Buch ist ein Gemeinschaftswerk. Mein Dank geht deshalb ...

An meinen Verleger Nick, meine Lektorin Megan, und meinen Art-Direktor Matthew - und an das ganze großartige Team von HarperCollin's Children's Books und Harper Fire für die unglaubliche Wärme, Begeisterung und Unterstützung. Danke, dass ihr Brielle & Bär eine Chance gegeben habt.

An meine Kolorierungsassistentin Marta Przepiorkowska für ihren Beitrag dazu, diesen Traum wahr werden zu lassen.

An Christabel - dafür, dass sie daran geglaubt hat, was aus Brielle & Bär werden könnte, und ohne die dieses Buch niemals entstanden wäre.
An meine Leserinnen und Leser auf Webtoon - für die unglaubliche Unterstützung meines Webcomics und für all eure herzerwärmenden Kommentare, die mich darin bestärkt haben, an meinen Traum zu glauben. Dieses Buch ist für euch.

An meine Familie für die Ermutigung, das durchzustehen, und für die liebevolle Unterstützung meiner Arbeit. Ihr habt einen Raum geschaffen, in dem meine Träume lebendig werden konnten, und ich liebe jede*n Einzelnen von euch.

An Grace, Eunice, Sarah, Tania, Andreia und alle meine Freund*innen - danke, dass ihr die unzähligen Entwürfe von Brielle & Bär gelesen und meinem endlosen Geschwafel zugehört habt. Euer Beistand war für meinen Schreibprozess unentbehrlich. Ohne euch hätte ich es nie ins Ziel geschafft.

An alle, die an Brielle & Bär geglaubt haben, und an diejenigen, die dies nicht getan haben. Ihr habt mir den Mut gegeben, die Geschichte der beiden zu erzählen.

Dieses kleine Erntedankfest wäre nicht vollständig ohne einen Dank an meinem Gott, dafür, dass er seine schützende Hand über mich hält, mich inspiriert und für mich träumt. Ich bin so dankbar.

Und an euch, meine Leserinnen und Leser - danke, dass ihr da seid! Das Leben ist oft hart, aber es kann auch magisch sein. Es kann alles sein, was wir uns je erträumt haben. Verliert niemals die Hoffnung! Gebt den Glauben nicht auf!

Märchen werden doch wahr! Das ist meins.

~~Ende~~

Anfang

Verpasse auf keinen Fall
die Fortsetzung!
BRIELLE & BÄR:
Das Märchenprojekt
Schon bald bei Loewe!